박 형 준 시 집

빵냄새를 풍기는 거울

차   례

제 1 부   달은 창백한 시간 속에 산다

제 2 부   늑대와 수형인

제 3 부 노역에 처해진 날개

제 4 부 그린 듯이 앉아 있는

제 5 부 生   態

제 1 부

달은 창백한 시간 속에 산다

천   식

　거품들이 나를 이곳에 데려왔다. 숨죽인 해변에 새들이 죽어 있다. 저것들은, 오래 전의 헛것들이다. 날개를 벗어버린 꿈들이 부서져버린다.

　어느 해안을 떠돌다 왔을까. 나를 차지했으나, 끝내 모습을 감추고 헛되이 끼루룩거리는 바다에서, 죽은 새들이 해변을 점령한 오후에, 거품들이 급격히 불어난다. 멀리, 섬들이 솟아 있다.

바그다드 까페

햇빛이 눈을 가늘게 뜬
버려진 폐광촌,
비닐에 엉켜 흘러가고 있다

저녁이 온다
머리가 거꾸로 박힌 사람,
달 속에 있다
광채나는 물 위
무르녹고 있다

떨림의 마술이다

수금 방죽

자전거를 타고 방죽에 왔다.
들끓는 잎의 물결이 바퀴살에 갈라져
빛이 사방으로 퍼졌다.
섬을 지고 있는 거북처럼 논 사이에서
파닥거리는 수금 방죽에 자전거를 타고 왔다.

침례교도들이 차가운 물을 헤치며
소름이 돋는 몸을 움직여 세례를 받는다.
모과나무가 서 있는 언덕에서
내려다본 그 모습은 지붕 위에 반짝이는
나비의 춤, 내 발에 힘이 가해질 때마다
기억의 파편을 수면에 되쏟다.
다시 시작하는 고요의 獨舞를.

아침 방죽을 자전거에서 내려 천천히 거닌다.
산책만이 살아 있는 유일한 형식,
누군가 모과나무 사이에서 바라본다면 좋으리라.

바다, 염소

외따로 떨어져 있는 섬에
언제부턴가 야생 염소떼가 산다
바위에 뿌리를 박고 사는
해풍에 휘어진 나무 밑 덤불 속,
염소 가족이 물끄러미 아래를 내려다보고 있다
기슭으로 떠밀려온 미역을 뜯어먹는 새끼 염소
저녁빛을 받은 물살이 찰랑거리며
불꽃이 사그라드는 모래펄,
어딘가에 물새 알을 낳아놓고 죽는다

달은 창백한 시간 속에 산다

아그배나무에 걸려서 철썩이는 무덤,
족보에도 나오지 않는 조상들이
묘지를 거닌다, 개 짖는 소리 들려온다
마을 밖 공동묘지를 비스듬히 굽어보는
우리집 밭둑 아그배나무 아래
철썩이는 인광을 지고, 희디흰 살결들이 앉아
서리를 뿜어대는 어지러운 꿈,
기나긴 겨울밤의 옛이야기 찰랑이는
머리맡 빛나는 수면에,
귀신꿈에 씌어 잠이 깨 앉으면
마음은 진정되곤 하였지
식구들이 밤중에 부화시키려고
한번쯤 앉았던 달,
버려진 무덤을 철썩이며
아그배나무 위로 올라가는 물소리,
만조가 된 요강이, 창백한 시간 속에 빛날 때

공중에 걸려 있는 희디흰 엉덩이,
어머니도 누이도,

죽은 할머니도
앉았다 간 달.

밤중에 물이 고인 웅덩이

더운 씨앗인 채로
바람벽 없는 집에서 잠을 자는
새로운 아이들을 꿈꾼다

별의 아가미가 흐린 공기 속에서
힘겨워하며 힘을 잃을 때,
집의 얼룩인 줄 알고 피해 가려 했던
밤중에 물이 고인 웅덩이,

어둑어둑해진 골목 한켠
돌아 들면 만나는 검은 눈,
웅덩이 안쪽에 고인 불,
붕대에 감긴 환한 세월이 지나간다

하 늘

빈 들판에서 불어온 바람들이
데리고 가는 하늘, 더럽혀진 풀의 형상마다
은종처럼 이슬은 흔들렸다.
계율도 없이 흐르는 구름의 타래.

나는 보았다. 설레임으로
나무 잎사귀들이 햇빛 속으로 뛰어드는 것을
눈 어두운 낮달 하나가
풍토병 앓는 서쪽으로 가는 것을
그러나 모두들 삶의 얼굴 모른다고 한다.

어머니, 나의 빈 손바닥 안에서
결 고운 손금들은 하늘로 갑니다.

바람 든 무와 함께
뒹구는 노을을 텃밭 가득히 옮겨 심는다.
밭이랑마다
하늘의 일부분이 자라나고 있다.

보리수 열매를 따는 여자

보드라운 한숨을 싣고 구름이 날아갔다
그녀의 청동 이마가 둥그래지며 넓어질 때
비가 내리고 구름의 바퀴들이 걸린
나뭇가지마다 지나온 세월의 옷가지가 한줌의
미풍과 함께 사라졌다 그리고 다시 비가 내렸다

보리수 열매를 따러 가는 외할머니를 따라
언덕을 올랐을 때, 비 그친 짙은 음영 속에서
잠깐씩 비치는 햇빛에 떠다니는 구름처럼
보리수가 하얗게 흔들렸다
느릅의 전율로 떠다니는 구름들은 모두가
커다란 날개처럼 잎을 이루고 있는 듯했고
그 희디흰 날개들이 펄럭일 때마다 상처가 생겨나듯,
보리수는 시월의 숲길에서 붉은 열매를 달고
한없이 웅크린 자세로 어둠을 끌어안고 있었다
보리수 열매를 따는 외할머니는
가끔씩 손을 활짝 펴 내가 딴 것들을 받아 입에 넣으며
나를 바라보았고, 그녀의 눈동자 속
세월의 둥근 청동 이끼가 흘러나오며

시월의 햇살을 닮은 보리수 잎들을 한없이 하늘로 밀어
올려주었다

눈이 시려,
나는 눈을 감았다
보드라운 한숨을 싣고
구름이 날아갔다
그녀의 청동 이마가 둥그래지며 넓어질 때
비가 내렸고, 구름의 바퀴들이 걸린 나뭇가지마다
지나온 세월의 옷가지가 한줌의 미풍과 함께 사라졌다
그리고 비가 내렸다 외할머니가 죽었다 이십대의 마지막
이었다
내 인생의 느림이 사라졌다
눈을 떴을 때,
나는 날개 때문에 상처를 받기 시작했다

해가 질 때

냇물에 발을 씻으며
메밀꽃밭 저녁해에 붉게 피어난다

어린 나만 놔두고 할머니는
메밀꽃밭을 이고 저승으로 가시었으나
낮아지는 저녁해를 타고
다 커서도 혼자 놀고 있는 나를 찾아
저렇게 냇물에 발을 씻으신다

해가 질 때까지 할머니는
메밀꽃밭에 앉아 계시리라,
붉게 남은 빛이 오래 나를 지켜주리라

장님 1

내 한때 닫힌 집에서 몽상하기 좋아했지
집의 눈꺼풀인 커튼이 반쯤 감길 때
저녁으로 오르는 사다리를 타고 재크의 콩나무가
열린 정원을 그리워했지
나는 하늘로 오르는 동물이 되고 싶어
못된 아버지가 하나 있었으면 했지
매에 시달리는 소년에게 세상은 장님이니까
장님들은 한결같이 고개를 쳐들고 사는 족속이니까

장님 2

전라도 정읍에는 난봉꾼 남편을 기다리다가
장님이 된 부인이 있다
나는 언젠가 논 가운데 있는 둠벙에서 연꽃을
꺾어다 부인의 치마폭에 놓아둔 일이 있다
그때까지는 아주 눈이 먼 것이 아니어서,
부인의 손이 치마폭의 주름을 따라
내려가곤 하면서도 연꽃을 만지지 않았다

원래부터 남편은 난봉꾼이었다
부인이 이 난봉꾼을 따라 마을에 들어선 날도
동구에는 밀잠자리떼가 가득 떠 있었다,
읍내 작부와 바람이 나
술집을 차렸다는 소문을 듣고 참다못한
시어머니가 달려갔을 때, 부인은 하늘을 올려다보았다

며칠 후, 밀잠자리떼가 날기 시작하는 가을 동구로
시어머니가 리어카에 작파된 살림살이를 싣고 돌아왔다
남편이 도망간 곳은 아무도 몰랐다

나는 툇마루에서 그 모습을 내려다보았다
리어카 끄트머리에 대롱대롱 매달려 있는 쭈그러진
양은 냄비 하나가 가을 하늘에 떠내려오는 것 같았다
바람이 난다는 말을 들으면
지금도 그때의 양은 냄비가 햇빛에 반짝인다

부인의 눈이 아주 먼 것은 그 가을부터였다
황금빛 연꽃을 부인의 치마에 바치고 싶었지만,
그때 이미 둠벙은 누군가에 의해 메워지고 난 후였다

일몰의 나무들

저녁의 공원엔 벤치에 잠든
노인의 벌려진 동굴로 일몰의 노란 광선이
스며들고, 푸르고 키 작은 난장이들 뛰쳐나온다
공중에 걸린 저 오래 된 바퀴가
먹여 살리는 비유와 상징들 속에서,
동정을 구하며, 가난뱅이의 손을
한치라도 더 뻗기 위해——
도시는 취한 물거품, 술의 성좌에
입맞추며 지나가는 쓰레기가 넘치는 골목,
빌딩 너머로 피에 엉기어 사라지는
寺院의 잔해가 잠시 후면,
차갑게 떠올라오리라

기   도

상어처럼 이빨을 키우고 배고픈 개처럼 침을 흘리며 서
성거리는 오, 무수한 절망의 세숫대들 아래, 비누여 닳아
빠지면 행복해지는 세상은 없느냐.

무허가 판잣집의 대문에 문패를 붙인다.

제 2 부

늑대와 수형인

늑대와 수형인

지하감옥 독방에,
늑대와 수형인이 마주보고 있다
희미한 램프에 의지하여
지하감옥 독방은 견디고 있다

차가운 검을 등에 묘비처럼 꽂고
울부짖는 늑대와
이마에 낙인이 찍힌 수형인

벽에 걸린 램프 불빛은
마술에 걸려 차디찬 땅바닥에
그림자를 浮彫한다

수세기를 견딘 먼지가 흩날린다

백   조

더이상 날지 못하는 날개는 추억이
아니다 흐린 시야를 더 맑게 하기 위해 너는
공중에 높이 솟구쳤다, 그리고 너는 떨어졌다
차디찬 겨울 강 속으로, 총알이 모멸에 찬
꿈을 짓이겨버리기 전에 구름은 대륙처럼
너를 감싸안으려 했으나, 싸늘한 대기가 몸을
텅 비게 하였다 너는 강 밑바닥에서 서서히 얼어갔다
얼음의 무늬여, 성에처럼 희디흰 날개를
활짝 펴고 영원히 정지해버린 모순이여,
나는 겨울 강의 중심을 향해 걸어갔다
바람은 책장을 넘기듯 머리칼을 쓸어올렸다

찬란한 어제의 헛된 비상을
가슴에 품고서 회한을 짓씹으며,
얼음이 깨져나가는 겨울의 중심 속으로

墓 碑 銘

유별나게 긴 다리를 타고난 사내는
돌아다니느라 인생을 허비했다
걷지 않고서는 사는 게 무의미했던
사내가 신었던 신발들은 추상적이 되어
길 가장자리에 버려지곤 했다, 시간이 흘러
그 속에 흙이 채워지고 풀씨가 날아와
작은 무덤이 되어 가느다란 꽃을 피웠다
허공에 주인의 발바닥을 거꾸로 들어올려
이곳의 행적을 기록했다,
신발들은 그렇게 잊혀지곤 했다

기억이란 끔찍한 물질이다
망각되기 위해 버려진 신발들이
사실은 나를 신고 다녔음을 깨닫는 데는
오래 걸리지 않는다, 맨발은 금방 망각을 그리워한다

황   소

날은 저물지 않는다
네가 뿔을 휘두르며 보리밭 길을 달린다
행주의 주름처럼,
검게 탄 아낙 이마에서 땀방울이 솟는다

보리밭 사이로
아낙을 끌고 침을 허옇게 문,
네가 달리고

극도의 잉걸불이 타오르는 하늘을 찌르며
한쌍의 뿔이
보리밭, 황금빛 보리 속으로
아낙을 끌고 간다

어떤 방 1

창 밖의 포도나무는 떠나고 싶어하는
눈치를 보인 지 오래다

어느 해안에 밀려온 헛된 소식
내가 바라보자
그것들은

한결같이 마당에 터져 있다
뒷방에 사는 노인이
기침을 쿨룩이며
아침에 모두 주워갔다

어떤 것은 반쯤 열린
창턱에 떨어져 있다
열매가 터져버린 그 속에,
부서진 잠자리 날개 같은 것이
아른거린다

어떤 방 2

천장은 더이상 푸르지 않다, 노트들은
이제 기록하지 않는다.
창문에 떨어진 포도나무 열매는 이미 터져버렸다.
그 입구는 빛으로 엮은 망이냐.
나는 조심스럽게, 이제 할딱거리는 이 생명체에 손을 댄다.
창문 밖의 포도나무야, 너는 이마를 수그린
짐승이다.
노트들은 나를 버려,
나는 천한 책들의 하인으로 일하고 있단다.

성탄, 비를 그리워하며

그리하여, 어느 겨울날
오랫동안 금욕 생활 하던 요셉은
주간지 보며 차가운 정액 내보내고,
크리스마스 자정 예배 보고 하품하며
교회에서 돌아온 마리아는 세찬 오줌방울 튀겨,
변기 통해 재림 예수 잉태하리라.

하늘의 빈 껍질처럼 오그라져 있는
달의 구멍으로 쏟아져나오는 빛줄기,
그때 하늘은 거대한 뚜껑 닫고 어두워지며
세찬 빗방울 뿌리리라.
겨울에 비 그리워하며, 또다시 성탄절 맞으며
침대 이불보 밖으로 빠끔히 머리를 내밀고
텔레비전 보며 천벌 받을 잡생각 한다.
크리스마스가 가까워지면 가까워질수록
방송국에 계신 그분들은
죄 많은 나에게 세례 주려는 듯,
하루 종일 화면에 빗줄기 죽죽 내리나니.

오줌이 마려울 수밖에. 이맘때쯤에는
매일 낡은 필름 속에서 비 긋고 있는 예수도
성기를 잡고 편하게 오줌 누고 싶지 않을까?
이불 속에서 빠져나오기 싫어
잡념에 하루해 몽땅 밀어넣은 크리스마스.
혼자 사는 집 창 밖 굴뚝에
새가 앉아 깃털 말리며
멀리, 멀리 날아가려고 한다.

다리 위에 떨어진 後光

구겨진 외투가 한 벌 서리에 뻣뻣이 언 채,
다리 위에 남은 온기를 끌어안고 잠들어 있다
누가 떨어뜨리고 간 후광처럼 아침의 희뿌연
공기 속에서 빛을 내고 있다
한동안 이곳에서 거지 여자가 아이를 업고
구걸을 한 적이 있다, 그녀의 머리 뒤
찢어진 외투 사이로 삐죽 솟아나온 단 하나뿐인
후광을 저녁에 다리를 건너며 몰래 엿보곤 하였다
추위에도 아랑곳하지 않고 잠들어 있는
머리 뒤에 달린 그녀의 자랑스런 후광을 !
낮에는 하늘을 날으는 새, 밤이면
들짐승으로부터 제 아들을 보호했다는
박행한 어머니 리즈버처럼, 거지 여자는
저녁의 다리 위에서 손을 벌리고 엎드려 있었다
며칠 동안 그 모자를 본 적이 없다,
아침엔 늘 어디론가 가고 없던
거지 여자가 있던 자리, 추위에 뻣뻣하게
얼어붙었던 외투가 천천히 햇빛에 녹는다,
그 속에서 흘러나오는 물을 오랫동안 들여다보았다

앞발이 들린 채 끌려가는

복날이 지났는데도 쇠줄을 질질 끌며
자기의 생이 더이상 갈 수 없는 곳에서 앞발이 들린 채
낑낑거리는 검고 마른 개를 시장 한켠에서 본다
보신탕 가게를 지날 때면,
아파트 한 채씩 분양받고
철망 속에 웅크리고 있는 개 잔등을 생각한다
눈곱 잔뜩 낀 개들의 아파트를 지나쳐 갈 때,
내 생으로 가닿을 수 없는 피안이
앞발이 들린 개의 발톱 앞에 펼쳐진 시장 한쪽이라는 생
각이 든다

낡고 허름한 가옥들 사이로 난 길에 러닝셔츠를 배까지
밀어붙이고 부채질하는 노인 하나가 돗자리에 앉아
무슨 소린가를 하염없이 늘어놓고 있다
그늘 속에서는 죽은 벌레들이 자주 발견된다
작은 장난감처럼 아이가 희미하게 웃는다
나는 아이가 시멘트 바닥에 크레용으로 그린 집에 차양
을 달아주고 싶다

방   주

그것은 다라이에 붙어 있었다.
그것이 자랄수록 다라이는 하늘로 떠올랐다.
인생이란 때로 붉은 다라이에서 바라본
물빛 세로줄무늬가 연속된 비닐 천막의
천장인지 모른다, 포장마차 속
아이는 다라이에 눕혀져 키워졌다.
흰 실로 몸을 친친 감은 누에고치처럼.
뜨내기 손님들이 남긴 생의 얼룩이
카바이드 불빛 아래 고여가는 雨期의 밤,
포장을 때리는 쉼없는 빗소리에
아이는 한 겹씩 고치를 벗고 있다.
나비로 탈바꿈할 때까지, 비가 내린다.

우동을 파는 어미의 고단한 잠에 떠밀려
새벽을 견디는 시장의 포장마차 속
아무도 눈여겨본 적 없는 한 척의 배가,
조심스레 아이를 품고 물거품 이는
해변의 풍요로운 기슭으로 간다.
세로줄무늬의 천장 위로

비가, 그치고 있다.
파리떼가 푸른 등을 반짝이며
점점이 박혀 있다.

병에 넣어 띄운 소식

내 사랑은 병 속에 넣어 띄운 소식이었네
흔들리는 파도의 물굽이에 실려
가닿지 못할 해안을 꿈꾸었네

지나가는 갈매기가
이 신기로운 물건을 보고
잠시 앉아 있기도 했네

달 위에서 속삭이는 소리가 들렸네
그처럼 알 수 없는 속삭임이
내 안에 살았네

내 사랑은
산 채로 핀에 꽂힌 나비라네
순간을 채집한 영원을 넣어 띄운 거라네

병 속에 넣어 띄운 속삭임
달 위에 있네, 지옥의 아가리에 빠진
희미한 미소를 들이마셔다오,

사랑하는 이여
격랑에 이리저리 떠밀리다
바위틈에 갇혀 죽어가는 이상한 달빛을

의자를 들고 출근하는 남자

　서울특별시 시설관리공단 거리주차장 요금징수원 정씨.
거리에 의자 하나로 사무실을 차려놓고 있다. 햇빛 쪽으로
놓여 있는 의자는 몹시 탈색되어 있다. 붉은색이 주황색으
로 변해 있다. 다 시들어가는 추석 무렵의 백일홍 색깔이
다. 그의 옷은 파랑색이다. 그 거리에 플라타너스가 다 가
지치기를 해서 면봉 같다. 그런 플라타너스만 있어서 그늘
도 들지 않는다. 몸뚱어리 하나 정도는 가릴 수 있지만,
바람은 불지 않는 그늘이다. 앞으로 길이 뻥 뚫려 있는데,
주로 여의도 광화문으로 출근하는 쌜러리맨이 다닌다.

　그들은 의자를 타러 가는 사람들이다.
　그들은 생을 주차시킬 마땅한 공간을 찾지 못해
　건물 안으로 도망친 사람들이다.

나무를 붙잡고 우는 여자

언제나 밤이 오고, 잎들의 지문이
선명해지는 밤길을 걸어간다.
지난날의 향기를 간직하고 있는 열매의 맛이
아려온다, 꽃은 찢긴 살처럼 빛난다.
새벽 두시에 나무를 붙잡고 우는 여자
머리 위에 얹혀진 찬 달.

장님 3

저기 날개의 기억을 더듬는 듯
고개를 쳐들고
톡톡 바닥을 찍으며
半人半鳥 걸어온다
지팡이는 어디에도 속하지 않는
그들의 운명을 대변한다,
감옥을 쥐고 다니며
구걸을 하는 그들을

이 세상 같지 않은──
위성도시로 빠지는
오후의 한적한 전철에서 보는 것은,
실업자와 어린애와 아줌마들뿐

유 성 들

사내는 후덥지근한 상가 귀퉁이에
음반 가게를 냈다.
그리고 오늘 맹인 하나가 그에게 왔다.

사내는 유심히 맹인을 바라보고 있다.
맹인은 오래오래 음반을 음미한다.
보이지 않는 세계를 만지듯이.
사내는 생각한다,
잃어버린 세계를 찾아 맹인 하나가 여기로 왔다.
단 한순간을 위해 황홀한 급사를 하는 자,
파멸의 웅덩이에 몸을 던지려고
천체 사이를 날아왔다.
열대야의 밤이 오고 있다.

유성이 얼마나 아름다운가를
사내는 맹인에게 만지게 하고 싶다.
아무에게도 보여준 적 없는 어깨의 상처
그 오래 아물지 못하는 흉터가,
맹인이 만지는 세계 어딘가로 떨어진다.
열대야의 끝에서 끝으로 가늘게 타고 있다.

제 3 부

노역에 처해진 날개

빵냄새를 풍기는 거울

나무들의 교사 나무들의 희미해진 복도 저편에
뒤집으면 검게 탄 발바닥이
화산의 분화구를 밟고 있고,
꽃들은 밑에 거울을 하나씩 감추고
대지 위에 꽃잎을 이어 붙이고 있다

비 오는 날
퍼붓는 폭풍우 속
간이식당 유리창 곁에서
국수를 미친 듯이 먹고 있는 여자의 이미지——

민둥산인 마음아
울지 말아라, 붉게 울지 말아라
올 봄은,

빵이 유일한 나의 친척이었네
올 봄에는 하수구로 미친 듯이 빠져나가는 동그라미
젖은 머리카락 한움큼 남았고,
너저분한 시장 바닥에 한없이

낮아지는 충격으로 빗속에 방치된 술취한 사내가,
혼몽한 잠에 빠져
빗방울 속에 커다랗게 부풀어오른,
간이식당 유리창에 퍼붓는 눈동자가 지켜보는,
미친 여자 등의 포대기에 감싸여
흘러내리는 국숫발 속에서 몸을 빼며
빗방울 속에 떠오른 작은 성냥 불빛,
또 하나의 눈동자를 손가락으로 꾹꾹 밀어내리고 있다

유리창에 꽃잎을 피워낸
아이의 손가락 끝에서 꽃들은 상해 있고,
밑에 빵냄새를 풍기며
거울을 반짝이고 있네

진   흙

선반 위에 올려져 있는 구름,
그것은 오래 전부터 빛나고 있었다
주머니에 넣고 깜박 잊어버린
물건을 어느날 빨래를 하다 우연히 발견하듯,
작은 구름은 선반 위에 올려져 있었다

먼지투성이 선반에는 가끔씩
바퀴벌레가 지나가고
웃음소리가 들려오곤 했다
추석이나 설 때 이 집에는 많은
신발들이 붐볐다, 그때
선반에 올려진 구름은 얼마나 풍요로웠던가

사내는 열려진 부엌 창문 너머
가스관을 타고 올라오는 호박 덩굴을 바라본다
호박꽃 속에 잉잉거리는 벌 한 마리,
쉴새없이 움직이는 날개는
물기에 젖은 사내의 꾹 다물린 입술을 환기시킨다

늙는다는 것은, 방 속에 담겨
천천히 말을 잃어버리는 것이다
선반 위에 올려져 있는 구름이
더이상 궁금해지지 않는 것이다
사내는 오수에 빠져든다, 불꽃을 품고
잠깐 저녁 어스름이 머물다 간 창문들,
생의 기나긴 오후가 지나가도록 말없이
풍경을 사유하는 저 얇디얇은 구름은
분명 선반에 올려져 있던 것이다

불그스름한 빛이 열려진 부엌 창문 너머로
흘러들어온다, 방안은 琥珀빛 너울로 출렁거린다
가느다란 호박 덩굴이 하늘로 뻗어올라가는
동앗줄이 되고 작은 구름이
선반의 그릇 무늬에서 빛난다
사내의 이마에 새겨진 진흙이 꿈틀 일어선다

물을 건너며

세월이 빠져나간 거리마다 아팠다
물을 건너며
나보다 한걸음 빠른 정적을 생각했다
그것은 물보다 먼저,
흘러간 절망감이었다

고요와 적막 속에서 훨씬 날이 어두워졌다
먼 바다에서는 바위틈에 갇힌 파도가 죽으며 말라갔다
내 음습하고 침침한 구멍 속에는 여전히 빛이 남아,
핏줄처럼 배고픔이 선명하게 꿰뚫고 지나갔다
빛은 가장 어두운 곳에서 사는 듯싶었다

'내일이 멀었다'라고 말하는 당신의 가랑이 사이로
빠르게 달디단 뱀의 혀 같은 희망이 날름거린다
물을 건너며,
나는 남은 빛을 품고 꼽추처럼
내 품에 들어가 자는
낯선 정적 하나를 사랑하게 되었다

이 세상 것이 아닌 냄새

꽃의 내장 속에서 무작정 흘러다녔지
구부정한 허리를 구부리고 권태가
구만리장천까지 따라왔지

오 밑뿌리 하나만 젖어 있어도
亡國을 건너가
그 머리카락을 흠씬 들이마실 텐데

우리의 서른이 꽃봉오리라면 !
우리의 서른이 꽃봉오리라면 ! !
우리의 서른이 꽃봉오리라면 ! ! !

활짝 핀 폐허가
냄새나는 음부임을 알 것을

껌종이를 주으면서

껌종이를 주으면서 사오여리 떨어진 읍내로
철로의 침목을 세며 걷곤 하던 쓸쓸한 날들.
껌을 싸놓은 은박지처럼 빛나는 철길
기차에 치여 죽은 사람들의 피를 먹고 핀 꽃들.
그 입술, 껌종이의 아스라한 향내에 취해
들어가는 읍내 네거리, 중국집 간판이
옥수수처럼 박혀 있다.
그 붉은 간판 뒤로 숨겨져 있는 풍요한 나라,
추석 때 마을에 한 대 있는 흑백 텔레비로 본 나라,
대나무 젓가락을 휙 날려 못된 첩자들의 눈을 멀게 하는
삿갓을 쓴 멋진 칼잡이의 나라.
그해 여름 우리를 막고 있는 것은 대나무 발뿐이었으나
우리가 모았던 빈 껌종이처럼 중국집에는 중국이 없고
빈 그릇만 가슴에 쌓여갔다.

비 오는 날

비 오는 날 길바닥에 비친 불빛
하나 퍼져나가는 데에도 아직은 영혼이 필요하다
철길에 버려진 천으로 된,
붉은 생리대가 천천히 비에 젖는다

싸이렌이 급박하게 울리며 불자동차가 지나간다
어둠속에 버려진 구두가 흰 이를 드러내며
웃는 것처럼, 불빛에 드러난다
창밖 담벼락에 힘없이 고개를 떨구고 있는
목련꽃이 비에 젖는다

벽지가 젖고 방안에 곰팡이가 핀다,
목련꽃이 깨어지며 담벼락에 떨어진다,
붉은 생리대가 젖는다,

피에 젖은 천으로 된 붉은 생리대가 비에 젖는다,
기적소리가 희미하게 울린다

무덤 파는 남자의 사랑

얼마나 먹고 싶은 말인가
폐허는,
얼마나 비약하기 쉬운가
흉곽에 몹시 풀과 꽃이 우거진
亡國의 사랑은,

죽음은 이 고장의 오래 된
관습이다, 사람들은 저마다
각자의 무덤을 판다
그 고장에서 사는 것은
단순히 묘비를 하나 늘리는 것에
지나지 않는다, 저기
묘비 하나가 나타난다
그의 손에 들려 있는 폐허는,
오래 전에 꺼진 등불이다

무덤 파는 남자의 사랑
亡國을 향해 걷는 해와 달이
후광으로 남아 있다.

장님 4

자기 스스로 뒤주를 열고
광기의 인간은 들어갔다네
이백년 후, 빈 뒤주 하나를
지하도 계단에서 만났지

그는 턱을 괴고 앉아 있었다네
구걸을 위해서, 동전 바구니를 내밀거나
손을 벌리지도 않았네,
깊은 주름살이 음울하게
수면을 건드리고 간 눈동자,
지하철은 어둠을 쩔렁이며 달려갔다네

신문지 위에
동전이 떨어지네,
이백년 전의 햇빛이
계단으로 쏟아져 들어오네

파   편

　나는 두렵다. 나무는 열병으로 큰다. 자기가 내뿜는 열
로 나무는 잎을 피우고, 하늘로 올라가다 멈춘 가지들은
하나하나 아픈 기억의 관절이다. 나는 나무를 올려다볼 때
마다 무연한 슬픔을 느낀다. 아무리 날씨가 차가워도 나무
는 하늘 한쪽에 어떤 열기를 내뿜고 있는 듯, 그 근처는
무슨 아지랑이 같은 것들로 가물가물거린다.
　그날 강변을 거닐며 많은 생각을 했었다. 불빛들이 긴
유리막대처럼 강물 속으로 뻗쳐 있고 나는 누군가 그것들
을 잡고 올라올 것만 같은 느낌에 가득 사로잡혀 있었다.
너는 내게 너무 가까이 있었으나 어둠속에서 우리를 향해
희게 빛나는 물결이 밀려왔고 순간 내 마음의 한쪽이 터지
며 너무나 먼 곳에서 나는 네게로 오고 있음을, 그러나 의
식하지 못하는 곳에서 그 광채나는 물결이 바로 나의 상처
이고 물의 상처임을 어렴풋이 예감했다.
　내게 행복이란 늘 슬픔의 색깔 그것이었다. 너도 언젠가
내 곁을 떠나갈 것이다. 무슨 관례와도 같이, 그리고 너는
하나의 이미지로 남아 채색된 풍경으로 마음의 탁자 위에
걸릴 것이며, 그 밑에 장식으로 남은 사내는 초라한 저녁
식사를 차리고 젓가락으로 무언가를 집다가 놓친 채 망연

히 창 밖을 응시할 것이다. 아마 그때 눈이 내리리라. 창에 희디흰 손가락들이 무언가를 말하려고 애쓰며 다닥다닥 글자를 만드는 동안 사내의 어깨는 조금씩 들썩거리다 나무처럼 둥글어지고, 벌판 한가운데 외따로 떨어져 있는 오두막집에 켜 있는 불빛을 생각하며 그리워하리라.

그때 초인종이 울리고 아낙네가 아이의 발걸음 소리를 앞세워 현관문을 따면 창에 더이상 읽을 수 없는 무늬들을 두껍게 쌓아놓고 눈은 바람에 떠밀려 공중으로 솟구칠 것이고, 사내는 황량한 상념에 커튼을 치는 여인의 손에 이끌려 아이와 함께 크리스마스 트리를 켜고 반짝이는 행복의 전구 수를 헤아려야 될지도 모른다. 아마도, 그 여인은 너이리라. 너는 내 인생에 가장 깊숙이 들어온 최초의 인간이었다.

말의 감옥: 침묵의 소리까지도 선명해지는, 속으로 죽여우는 울음과 너의 아름다운 말: 바람도 없이 떨어져내리는 눈물 한 방울; 어떤 이미지는 한평생을 산다. 그 풍경 속에서 삭제되는 한 인간은 나이고 거기서 인화되는 것은 한 여자의 눈에 고이는 나뭇잎의 떨림이다. 너는 아마 교정의

정문으로 올라가고 있고, 비탈진 그 언덕길은 다소 숨이 가쁠 정도여서 너는 가끔씩 멈추고 싶은 신체의 요구를 느끼지만 그러면 그럴수록 너의 충동은 강해져서 발걸음은 빨라진다. 시선은 정면에서 약간 치켜올려진 어느 곳을 향하고 있는데 우연히 지나가는 사람이 너에게 관심을 기울인다면 아마, 그곳은 교정 건물의 상단부 중앙에 새겨져 있는 학교 마크라고 생각할 것이다. 그러나 너는 구름이 예인선처럼 내려와 학교 중앙 건물의 마크에 닻을 걸 정도로 낮게 떠 있는 오후 그 교정의 어느 건물도 보고 있지 않다.

정확히 말하면 너의 시선은 수령 이십년쯤의 단풍나무의 몸, 그러니까 나뭇가지가 뻗어나오고 있는 지점 어느 부근의 높이다. 방금 나는 '어느'라는 불투명한 단어를 쓰면서도 거기에 한정적인 의미지만 생각하기에 따라서는 무한적으로 사용할 수도 있는 말을 덧붙이고 있다. 가령 우주의 '어느 부근'에서 사랑하는 나의 연인이 눈물을 흘릴 때마다 별들은 깜박거린다고 내가 말한다면 그 지도의 개념은 상식이 아닌 상상의 표식으로서만 분별이 가능하다. 그리고 전체적인 문장으로 따져보더라도 '너의 시선은 수령 이십년쯤의 단풍나무의 몸, 그러니까 나뭇가지가 뻗어나오고 있는 지점 어느 부근의 높이다'가 불확실한 말이다. 현실적으로 봐서도 그렇고 심리적으로 봐서도 그렇다. 왜냐하면 수령 이십년쯤의 나무라도 크기가 나무에 따라, 병의 유무에 따라 다 다르다; 거기에서 뻗어나오고 있는 나뭇가지 또한 모두 일정 지점에서 출발하는 것도 아니고 또한 같은 선상에서 시작된다 하더라도 나뭇가지들은 위로 뻗치거나 아래를 향하며, 같은 방향이라 할지라도 그들이 향하고 있는 시선은 각각 다르기 때문이다. 때문에 너를 주의 깊게 바라본 사람은 너의 시선을 보면서도 사실은 전혀 다른 방향을 쳐다보았을 뿐이고 그리고 어쩌면 그는 대학에 처음 들어가보는 사람일 가능성도 있다. 그는 학교 건물의 중앙에 의례 학교 마크가 찍혀 있다는 '상식'——옛 고등학교 학생모에 부착되어 있는 그 마크——에 빠져 순간적으로 그런 착각을 일으킬 수도 있다. 그러므로 그가 객관적으로 관찰했다고 믿었던 사실은 자기의 심리의 반영에 불과하다.

다시 처음으로 돌아가서 '너의 시선은 수령 이십년쯤의 단풍나무의 몸, 그러니까 나뭇가지가 뻗어나오고 있는 지점 어느 부근의 높이다, 는 상징으로서만 풀 수 있다. 그 상징은 너의 치켜진 시선에서 촉발되었다. 그래서 너의 눈에서 나오는 눈물은 흘러내리지 못하고 차오른다. 너는 내게 그날 전화로 "교정을 올라갈 때 바람도 없는데 단풍나무 잎이 땅을 향해 곧장, 전혀 날리지도 않고 떨어지는 것을 보면서 눈꺼풀을 한번 감았다 뜰 때마다 눈물이 주르륵 흘러내리는 것만 같았어"라고 말했다. 그것은 당연히 너의 치켜올려진 시선에서 유발된 상상이며, 너의 현실이며, 너의 심리이며, 나의: 너의 시선은 수령 이십년쯤의 단풍나무의 몸, 그러니까 나뭇가지가 뻗어나오고 있는 지점 어느 부근의 높이다.

나뭇잎은 떨어져내리고 너의 눈물 또한 힘없이 주르륵 흘러내린다. 네가 고개를 숙인 순간: 그 물의 수위는 곤두박질치고 네가 눈꺼풀을 닫았다 여는 순간: 나는 너에게로 이르는 통로를 알아버린 것이다. 그것이 바로 나뭇가지가 뻗어나오고 있는 어느 부근의 높이에 숨겨져 있다. 그리고 나는 분명 '정확히'라고도 단언하고 있다. 너와 나는 이미 심리적으로 같은 현실 속에서 우주의 지도를 앞에 두고 하나의 이미지를 만든 것이다.

나는 여기에서 멈춘다. 나는 파편만을 남긴다. 말의 파편, 감옥의 창살에 비유될 그 흔적들; 세월에 씻겨 어느날 나를 가두었다고 믿었던 그 흔적들은 자취도 없이 사라지고 놀랍게도 거기에 무섭도록 아름다운 하나의 눈동자가 열리고, 눈꺼풀의 나른함 속에서 깨어나는 물의 희디흰 떨림이 단풍나무 잎사귀를 빠르게 소용돌이치면 힘겹게 그 속으로 빨려들어가는 어떤 물체의 외침이 삭제된 채, 그 위로 가느다란 물방울이 올라온다. 어느 오후에 연못을 바라보는 일로 하루를 보내본 사람이나 볼 수 있는 풍경이다.

노역에 처해진 날개

누구나 날개를 가지고 있다
어렸을 때 남몰래 우표를 모으거나
판화를 수집하는 것처럼

내가 갖고 있는 날개는
은밀한 세계에 바쳐졌다,
어느날 스크랩해둔 세계가
얼마나 작은지 깨우치고
어른이 된 아이들은
거추장스러운 날개를 떼어버렸지만,

장님의 눈을 들여다보는 것을
회피하는 것은 아직도 그 뒤에서
벌어지는 날개의 은밀한 축제를
그들이 두려워하기 때문이다

지금 나는 검은 도랑물이 흘러가는
공장지대의 아파트에 혼자 산다
내가 가장 두려워하는 것도

그들이 나의 날개를 보는 것이다
왜냐하면 나는 그들이 금기한 세계에
갇혀 살기 때문이다

달빛이 채색하는 보름밤이면
나의 날개는 커다란 그림자를
창문에 나타내곤 한다

그런 밤이면 나 역시 떠나고 싶다
이 세상 밖 불꽃을 물고 하늘의 검은
심연 속으로 곧장 날아가는 로켓처럼

나는 창문을 닫고 산다
초인종은 내게 날개를 감추라는 신호이다
공장의 기계 소리가 식은 금속이 번쩍이는
검은 도랑물을 건너, 쇳덩이를 끌 듯
무거운 머리를 침대에 눕힌다
나는 이틀이고 사흘이고 잠만 잔다

그동안 비가 죽죽 내린다
아스팔트에 짓뭉개진 새 한 마리,
빗물에 둥둥 떠 흘러간다

날개만 남은 납작해진 죽은 새는
지상의 노역으로부터 끝내 자유롭지 못한
내 영혼의 상징이다

공간 이동

보도블록을 밀고 나오는 뿌리,
뿌리는 하늘로 솟구친다.
무거움과 가벼움 사이로 흘러가는 세상은 지치지 않는다.

모래시계의 허리가 가늘어진다.

제 4 부

그린 듯이 앉아 있는

가을의 동화

어머니가 밥을 짓고 있었다.

어머니의 가마솥 너머로 학교의 유리창이 보였다.

학생이 없는 교실 유리창에 새떼가 날아갔다.

낙수 받는 홈통으로 빈 교실이 내려앉고 있었고

아침은 자꾸만 침몰해가고 있었다.

방문을 열고 소리쳐 어머니를 불렀다.

깡보리밥만 먹으면 엄니, 방구만 나온당께.

망령 난 할머니가 벽에 처바른 변자국처럼,

열어놓은 방문으로 들어온 깡보리밥 냄새가 목을 죄었
다.

서둘러 책보를 메고 학교로 뛰어갔다.

깡보리밥 밥상에 둘러앉은 수저들이 달그락거리며 따라
왔다.

깡보리밥만 먹으면 엄니, 방구만 나온당께.

방구 소리에 여선생님의 풍금 소리가 끊기곤 했다.

그날

자주 끊기던 풍금 소리에 붉어지던 내가,

공중변소 깨진 창 너머
밥냄새를 풍기는 달,
까맣게 탄 솥바닥을 올려다보고 있다.

전   설

옛날에 한 선비가 살았다.
글을 잘 읽었으나 생활은 엉망이어서,
마누라가 밥상을 차려놓고 밭으로 김매러 나간 사이
지붕으로 비가 샜다.
마누라가 돌아왔을 때 남편은 글만 읽었고
멍석에 널어놓은 보리쌀이 빗물에 둥실 떠다녔다.
세월이 흘러 선비는 관리가 되어
임지로 떠나는 중이었다, 말을 타고
마을로 접어드는데 웬 여자가 밭에서
김을 매고 있다가 관리의 말 앞으로 뛰어들었다.
가난을 피해 집을 나갔으나, 선비의 아내는
여전히 김을 매는 아낙으로 살았던 것이다.
선비가 빈 항아리를 하나 가져오라고 하더니
그 속에 가득 찰 양의 물을 가져오면
옛정을 생각해 다시 살겠다고 말했다.
아낙이 물을 길어 와 땅에 놓인 항아리에
부었으나 채워지지가 않았다.
좀재 가는 길, 친척 잔칫집에 할머니를
따라가던 어린 시절.

커다란 당산나무 아래 쌓인 돌을 가리키며
할머니가 말했다.
"마을 사람들이 안타까워 관리가 가는 길에 있쟈
나무 밑에 돌을 쌓은 거여. 아낙에게 모자라는 물은
항아리에 돌을 채워 맞추라고잉."
산길이 끝나자 강이 내려다보였고,
나룻배가 한 척 전설의 船尾를 길게 끌며
석양에 반짝거렸다.
그때 할머니의 손에서 슬그머니 빠져나와
돌무덤 위에 얹어놓았던 것은,
태양이 뱃속에서 꾸르륵거리며
몰락하는 강이 되어 어두워졌다.

천변 풍경

강물 속에 무지개가 떠 있습니다 내장을 꺼내놓은 산이 빨래를 하는 누나의 손끝에서 잘게 부서지고, 단풍잎 하나가 원을 그리며 누나의 치마폭까지 밀려왔다간 강모래 속으로 사라집니다 누나의 뒤로는 고목이 하늘로 날아가려고 하는 커다란 까마귀 같은 모습으로, 잔뜩 웅크리고 있습니다

줄에 널린 빨래들은 어디론가 떠나려고 하는 배와 같습니다 정박을 끝내고 항구를 떠나가는 한 척의 배, 누나가 만난 남자가 그러했습니다 소식도 없이 떠나곤 하던 남자가 돌아온 날은 줄에 유랑의 세월을 담은 돛이 바람에 부풀어 있었으니까요 아들 둘 딸 하나를 낳을 때까지 누나의 빨랫줄엔 세상의 파랑이 마를 날이 없었습니다

강 밑바닥까지 무지개가 떠 있습니다 오늘은 자식들의 아버지 제삿날입니다 짚수세미로 제기를 닦는 외할머니의 곁에서 손녀의 눈은 까맣게 윤이 나고 누나는 지나온 세월의 캄캄한 마룻바닥을 걸어 어느새 다 자란 딸의 부신 눈과 마주칩니다 강물 소리가 들립니다 물밑까지 들어간 무지개의 기둥, 그 폐허의 떨림이 이루는 무늬가 짙어올수록 누나는 그것이 자식들의 숨소리로 나뉘는 것을 봅니다 영정 앞에서 향을 사르는 두 아들이 아버지의 나이로 자란

지금도, 아버지는 잊고 싶은 흉터와도 같은 존재지만, 강물 속에 거꾸로 처박힌 고목은 가을 속에서 지독하게 못난 육체를 드러내며 강 밑바닥까지 바람에 터진 손가락을 펼치고 있습니다 그 사이로 무지개가 알[卵]처럼 태어나고 있습니다

　누나는 강변에 앉아 빨래를 하고 있습니다 어디론가 떠나고 싶어하는 배가 빨래를 헹구는 내내 누나의 손끝에서 눈부시게 흰 돛을 펴고 물살을 가르고 있습니다 朔望입니다

그린 듯이 앉아 있는

비가 오면 민둥산인 마음은 밑뿌리로 하얗게 울었다
비가 오면 새파란 양철 지붕의 페인트 칠이 벗겨진 자리에
녹이 한번 더 슬고,
여름 내내 붉은 반점이 집의 살갗을 뒤덮었다
우리집 앞으로 흐르는 개울창에
녹 같은 붉은 꽃들이 섞여 흘러갔고,

밤이 되어 송진이 녹아 흐르는 여름의 가장자리에
쇠파리떼들이 고요히 끓었다
하늘에 붉은 달이
양철 지붕 칠이 벗겨진 자리에 돋아난
반점 같은 꽃들을 핥아주었다
달의 긴 혀로 인해 나의 몸은 언제나 신열이 났다
먼지 자욱이 날리며 집을 나간 개는
침을 하얗게 흘리며 돌아오고
가난한 집일수록 커다란 솥만한
잎을 흔들며 벌레 많은 해당화 그늘이
어둠속에서 흔들렸지

언덕 위에 언덕이 생기고 구릉을 이루며
산들이 달아나고 피가 도는 발바닥 같은 꽃들이
해당화 위를 지나가자 그 잎 몇개에는
흔적으로 태어난 아이들이 매달려 있었다
나는 바람이 불 때마다 그린 듯이 앉아
흔적을 흔적으로 지우려고 열매를 무수히 매단
나무를 떠올리곤 한다,
병든 어머니의 희게 빛나는 피부 밑에
천길 낭떠러지 검은 물이 흘러간다

중국집에 대한 遺稿

　엄지손가락을 늘 입에서 뺄 줄 모르던 소년, 포말로 이루어진 그　하얀 손가락을 아무도 보지 못했다.

　《새들이 속으로 날며 대기의 자리를 넓혀갔다. [1] 전깃줄에 조금도 하중을 남기지 않고, 오 그대들 다정한 연인들이여. 너희는 내 목구멍 속에서 떨리는 깃털이야, 따뜻한 숨결이야, 때로는 그 숨결 두 뺨에서 나누어지도록 앉아 있었니. 날아가는 너희들 뒤로 숨결은 다시 하나 되어 떨리나니, [2] 오 오래도록 내 마음속에서 우는 전깃줄이여, 다정한 떨림 많은 목구멍이여.

　《어느 여름이었던가, 졸음에 가느스레하게 풀리는 음식점이 꿈을 내보내는, 구멍이라고 너는 내게 속삭였지. 햇빛이 꺼져들어가는 아득한 밑바닥에 네 눈동자같이 아름다운 빛, 너는 속삭이지 않았던가. 결핍이 모든 꿈에 날개를 달아주는 거라고, 그럴 때 네 엄지손가락이 빠진 입, 그 꿈이 비치는 입구로 나는 얼마나 자주 꺼져들어갔던가!

　검은 고양이 한 마리 무너진 담 밑에 입 벌리고 있는 구멍에 취해 비틀거린다. 중국집은 냄새의 구멍이지 않은가!

1) 릴케의 「두이노의 비가」 중 제 1비가.
   새들이 더욱 속 깊이 날아 그 넓혀진 대기를 느낄지도 모르니
2) 릴케의 「오르페우스에게 바치는 소네트」.
   오 그대들 다정한 연인들이여, 때때로
   그대들을 가리키지 않는 숨결 안으로 들어서라,
   그 숨결 그대들의 두 뺨에서 나뉘도록 하라,
   그대들의 뒤에서 숨결은 다시 하나 되어 떨리리니.

텃밭에서

상춧단을 묶는 마음으로
살아가는 사람들, 허드렛일로 일과를 보내는 하루하루가
빈 손바닥 군데군데
손금같이 오므라들고 있다
지금 동구 밖으로 나가는
아버지의 굽은 허리를 보면
밋밋한 하늘의 높이를 재는
풀꽃들의 이야기가 수런수런 들려오고
처음부터 우리는 낮아지기 위해서
푸르른 공간에 찌들어왔던 것은 아닌가
떠나오면 뒤돌아보기
몇개쯤은 누구나 들어 있을 만한 빛바랜 추억들을
과거의 치수를 재는 데다 사용하고 있지나 않은지
대문 앞에서 상춧단을 묶으며
한층 낮아진 하늘을 바라보며
그런 생각들을 해보기도 하고
땡볕으로 살아가는 사람들의 마음이
매운 방법으로 떠서 말리는
잘 익은 고추들을 거두는 모습을 바라본다

지붕의 눈

옛날의 눈이 별의 눈꺼풀인 눈이
집 지붕에서 깜박거리는 것을 느낀다
낮잠을 자면서도 간혹 나는 저녁을 말하려 애쓰는
꿈에 시달렸지 않은가, 그럴 때 낮잠은
서늘한 구멍이었고 우물이었고 지붕의 눈이었다
눈 오는 날 주름을 겹겹이 껴입고 타는 황홀함을
나 이외에는 보지 못한다, 새금새금한 아지랑이
혹은 먼 그대, 불꽃을 물고
창문에 죽음을 즐기며 오후가 지나간다

책

텔레비 빛으로 젖은 책에서 울려나오는 몽상.
가난한 뜰에 꽃나무로 서 있던
오래 된 잠을 흔든다.
바람이 분다.
소리 죽인 텔레비 빛에 깬 활자들
방 구석구석을 헤맨다.
한없이 들려나오는 목소리,
강바닥에 처박혔다 떠오른 종이배에 써 있던 구구단 같은.
가난한 뜰에 꽃나무로 서 있던 오래 된 잠이 일어나 걸
어간다.
방안에는 온통 젖었던 것들,
모여 다시 흘러가고 있다.

제 5 부

生　態

사격장과 묘지

　묘지를 부풀릴 바람은 아마 없을 거야. 묘지에는 이상하
게도 구멍이 나 있어, 그 사이로 드나드는 것이 무얼까 궁
금했지. 어느 사내가 산정에 있는 묘지를 찾아 떠나간 거야.
　산 밑에는 사격장이 있었어. 사내는 산길을 잘못 들어 헤
맸지. 군인들이 총을 쏘고 있었어. 묘지를 올라가려면 어디
로 가야 한담. 잘못 날아온 총알이 귀를 스쳐 지나갈 때,
탄피처럼 빠져나가는 기겁. 산중턱에 박힌 표지판에 사격
장임이 표시되어 있었어. 병정 중에 하늘로 총을 쏘는 놈이
있다면 죽을 수도 있겠는데. 산둔덕을 향해 낮은 포복으로
기어가는 사내, 풍선을 놓친 아이처럼 중얼거린다.
　"무덤을 부풀릴 바람은 아마 없을 거야."

소의 항문에 바람을 넣는 아이들

소의 항문에 바람을 넣는 아이들,
저 아프리카 아이들,
두 팔을 나란히 벌려 소를 안고
바람을 분다

불씨가 인다
소의 내부로 흘러가는
아이들의 천진한 새
젖이, 한없이 흘러나와 풀밭을 적신다

하늘에 얼마나 많은 새들이 있었던가,
하지만 날개를 기억하는 새는 얼마나 희귀한가,

초원의 저 검은 태양들
소의 기생충이라 불리는 아이들,
발뒤꿈치에 날개가 돋는다
바람을 넣으며, 잉카제국의 후예들이
소와 함께 둥싯 떠올라 은하를 만든다

흰곰을 읽다

빙산에 실려 흰곰들이 내려오네
남쪽으로 멀리 여행을 떠나는
바다의 곰들이야

녹아가는 왕좌에 우뚝 서 있네
오로라의 문양인 양
커다란 발톱 아래,
부서진 얼음 알갱이들 떠다니네

졸린 눈을 비비고 문을 열면
입김이 허옇게 어는 모습을
별의 속삭임이라고 부른다네
그들의 고장에서는 말이야

숨을 쉬러 물 밖으로 나오는 물개
일격에 날려버리네
큰곰좌에서 날개를 펴고
내려오는, 성난 신처럼 말이야

가끔은 그런 그들이
인간의 해변으로 다가온다네
누구의 신탁인지
아니 호소인지

모르겠네, 그들이 멀리
심해로 깨져나가는 얼음이 남긴
거품과 안개 속에서,
여행을 하며 오는 이유를.

生　態

　제 몸에 꼭 끼는 바위틈에 동면한 뱀들, 비늘 하나에 수
천년의 원한을 기록한 이 차거운 종족은, 그러나 놀랍게도
열기를 그리워해왔다. 동굴 안쪽으로는 추위에 더 민감한
동족이 차례로 자리를 잡았고, 성기의 비유처럼, 동굴의 맨
끝 방에는 한꾸러미의 뱀들이 서로를 얽으며 태초의 온기
를 차거운 피로 덥혀, 피안으로 넘나들고 있었다. 그들의
잠은 그렇게도 깊었다.
　그들의 광증은 동면에서 깨어난 첫날에 벌어지곤 했다.
하늘로 석유의 기체가 올라가듯 타는 봄볕의 열기 속에서
벌이는 성애는, 그들만의 잔치였으니, 나른한 볕에 잠든 세
계의 끝자락에서 질기게 피어오르는 생명에의 광증은, 이
미 교접하고 있는 숫놈의 성기를 떼어내기 위해 흐느적거
리며 하늘로 쳐들린 두 몸체 사이로 머리를 디밀게 할 지
경이었다. 그들은 암놈에게 두 마리의 수컷이 교접하기도
하면서, 향연은 날이 저물 때까지 계속된다.
　나에게 뱀은 중학 시절 아침 산책에서 만난 두 마리의
독사와 우산대의 만남에서 비롯되었다. 숙명이란 산정의
미명보다 붉게 뇌를 적시며 흘러간다. 내 이름이 범종의
안쪽에 기록되기도 한 절의 연못에 연꽃이 얼마나 피었나

구경하러 가는 게 그 즈음의 유일한 취미였을 때였다. 절에서 내려다본 평야는 공중에 미동도 없이 퍼진 밥짓는 연기와 함께, 여백과 침묵의 한없는 공간에 나를 점 찍어버렸다. 風磬 소리가 연못 속에서 피어나는 연꽃을 둥글게 해주었고, 수천개의 유리창이 거울로 변하며 수면을 빛으로 물들였다. 산길을 내려오다 순전히 발길을 멈춘 것은, 촉촉히 내리는 이슬비가 방울져 흘러내리는 나뭇잎의 잎맥이 또 하나의 길이기 때문만은 아니었다. 나는 피안을 생각하고 있었으나, 검은 눈을 감춘 이마가 앞으로 툭 튀어나온 소년이었다.

그때 독사 두 마리가 내 발 밑에 있었다. 마치 뇌수 속에서 또아리를 틀고 원한을 맑은 독액으로 바꾸는 것 같은, 아침 이슬비에 젖어 잠을 즐기는 검은 구덩이가 말이다. 아아 그때 내 손에 들려진 우산대는 얼마나 시누대처럼 가늘게 떨렸던가. 그 구덩이에 빠져들었다면, 다시는 빠져나오지 못할 빛들에 둘러싸여 늙지 않는 추억과 영원히 함께 살았을 것이다.

그러나 뿌리치기 힘든 유혹이 슬며시 찾아와, 커다란 놈이 눈치를 채고 바위 쪽으로 가버리고 나자 어미로 상상하

게 만들었다. 곧 저런 뱀의 자식은 잡아 닭모이로 던져주
어야 한다는 용기가 생겼다. 나는 우선 잠에 취한 놈의 대
가리를 발로 조심스럽게 눌렀다. 놈의 꼬리가 순식간에 펴
지더니, 요동을 치며 다리를 감으려 했다. 나는 차거운 피
를 지닌 이 종족에게서 찾아보기 힘든 모정을 닭에게 던져
앙갚음하려 했다. 만년설을 넘어가는 독수리처럼, 번개에
순식간에 날개가 타버리는 단 한순간의 쾌락을 위해 신의
영역을 침입하는 것도 두렵지 않다, 나는 그런 젊은이가 아
닌가 반문하면서, 눈물이 차오르는 공포를 억누르며 어찌
할 바를 모르고 있었다. 그때 놈이 나의 후들거리는 다리
를 비웃기라도 하듯, 대가리를 앞으로 쓱 내밀며 머리의
반만큼 빠져나갔다. 그놈은 고개를 돌려 내 다리를 물어뜯
으려 꼬리를 휘둘렀다. 그 순간 번개가 내리치듯, 눈물은
섬광으로 바뀌며 우산대로 놈의 대가리를 수없이 쳐대게
만들었다. 놈이 정신을 잃을 정도가 되자, 나는 재빨리 발
을 떼고 이번엔 뻣뻣하게 고개 쳐드는 놈의 자랑스런 목덜
미를 찍어댔다. 마지막으로 바르르 떨리는 꼬리를 찬연하
게 발로 짓밟아버렸을 때, 복수심은 곧 알 수 없는 회한으
로 바뀌어 있음을 깨달았다. 우산대로 놈의 시체를 걸고

집으로 돌아와 닭장에 던져넣었으나, 교만한 닭들은 쪼기만 할 뿐 주인의 노고에는 털끝만큼의 관심도 없다. 사람들 또한 죽은 뱀에게는 관심이 없어, 싱거워진 나는 개울창에 그 뱀을 던져버렸다. 그런데 숙명이 또다시 내게로 찾아와 물을 하염없이 들여다보게 한다.

흘러가는 물에 뱀의 머리가 움직인 것이다. 짓이겨진 대가리가 조금 위로 쳐들린 순간, 그 슬픔의 율동이 내 전생애에 걸친 비애의 감정으로 변할 줄을 그때 어찌 알았으랴. 잠이 들면 탱자나무 울타리에 묻어준 그 뱀이 꿈속에 나타나 조금씩 자라났다. 내 머리맡에 입을 벌리고 독액을 뿜어대는 뱀, 나의 사춘기는 미열과 몽환 속에서 사납게 헝클어졌다. 그 뱀이 마지막으로 꿈에 나타났을 때, 어둠의 구덩이로 꿈을 채울 만큼 커다란 입을 무시무시하게 벌렸다. 나는 하얀 빛이 어디에선가 터져나오는 잠의 막을 찢고 깨어났으며, 다시는 그 꿈에 시달리지 않았다.

인류의 역사는 뱀의 비늘 하나에 기록된 작은 사건일지도 모른다. 동면을 마치고 성애를 나누는 저들이 모래 위에 고인 맑은 물을 마시며 뿔뿔이 헤어질 동안, 나른한 봄볕 아래 일어난 광증은 음습한 습지에 불의 알을 낳게 하

고, 곧 알을 깨고 또 하나의 세기가 점액질에 덮혀 나온
다. 스스로 머리로 둥근 점막을 뚫고 숨을 쉬며 첫 세상의
빛에 찬란한 허물을 벗을 때, 영광은 오욕으로 떨어져 그들
은 영원히 기어다니는 운명을 비늘에 기록한다. 차가운 피
로 인해 알을 깨고 나오면 어미와 자식은 원수처럼 등을
돌린 채 각자 살아갈 것이다. 그들 앞에 펼쳐진 미지의 숲
길은 다음 세대를 기다리는 순환 고리이고, 굴레이며, 마
술에 걸린 반지일 뿐이다.

붉은 말 지나갔다

붉은 말 지나갔다
말들이 끄는 썰매가
지붕 위를 날아갔다
종소리 울려퍼졌다
눈사람이 녹았다
아이들이 울었다
강물 밑바닥으로
붉은 피가 흘러갔다
붉은 말이 끄는 썰매
다시는 오지 않았다

비 둘 기

비둘기가 한 마리 있다
가슴속에서 빨간 부리를 내밀며 나뭇가지로 동무들을 불
러내려고
하루 종일 구구거리곤 하는 작은 비둘기,
곧잘 고등학교 다닐 때 학교 뒷산에서 구워먹곤 하던
비둘기, 파고다공원에서 눈알을 한군데 집중하지 못하고
끊임없이 뒤룩거리며 팝콘을 쪼아먹는 비둘기
나의 비둘기는 팝콘을 쪼을 때 꽁지가 들리는 다른 비둘
기를 경멸하지만
좁은 바닥을 끊임없이 왔다갔다하는 파고다공원의 노인
들,
어깨에 내려앉아, 그들의 일생을 물고 빛나는 둥근 나뭇
잎을 찬양한다
어쨌든 비둘기가 사람 곁을 떠나지 못하듯 그들도 벤치
곁을 떠나지 못한다
비둘기 한 마리가 사람을 떠나지 못하게 한다
둥근 어깨, 둥근 안경, 둥근 반지, 둥근 중절모, 둥근
시계……
나는 그녀의 둥근 목을 쓰다듬으며 함께 길들여지며 늙

어가는,
  사물들의 이야기를 들으며 파고다공원 한귀퉁이를 천천
히 걷는다
  꿈꾸는 나무들의 열매가 한없이 떨어지는 저녁,
  나의 비둘기는 깃털을 뽑아 내 이마에 시를 적어간다

첫눈을 기리는 노래

너의 캄캄한 내부에 켜 있는
불빛 한점이 내 눈가를 스쳤네.
얼른 고개를 들어보니 눈이 내리고 있었네.
그것들은 채 쓰지 못한 일기 속의 글자들처럼
어지럽게 주변에 흩날렸네.

나는 가만히 손을 펴 눈송이를 하나 받아 보았네.
방금까지 같이 있었던 여자가
녹은 눈송이 속에서 따뜻하게 떠올라왔네.
그렇게 나와 먼 길을 내려가고 있었네.

점점 많은 눈송이들이 지붕을 덮고,
외투깃을 여민 사람들의 목덜미를 헤집으며
거리를 하얗게 뒤덮었네.
사람에게 저런 맑은 한숨이 있다면,
언제나 눈이 내릴 것이네.

눈은, 네 눈 속의 노오란 달이 떠오를 때까지
지켜보던 나의 슬픔과 닮았네.

눈은, 보도블럭 사이에
생명의 꽃씨를 숨겨두고 광채나는 빛을
얇게 터뜨리며 올라올 날이 있을 것이네.

우리가 그런 꽃봉오리라면,
그 밑뿌리가 캄캄한 암흑을 헤쳐나오기까지
허리를 스쳤던 아픔으로 성숙하겠네.

유성의 꿈

밤에는 하얗게 달린다.
명왕성 부근에서 바라보는 지구같이.
나는 뒤에 유성을 길게 끌며 달려가고 있을지도 몰라.
날개 달린 물고기같이.

서랍을 열면 지금도 아버지가 국화꽃 무늬를 넣은,
저녁해 지는 창호지를 바라보고 앉아 발뒤꿈치의 굳은
살을 깎아내신다.
양탄자를 타고 누나가 건달과 함께 뒷산으로 들어간다.
어머닌, 거품을 물고 눈이 허옇게 뒤집힌 소에 끌려 보
리밭둑을 넘어가신다.
밤늦게 푸른 작업복을 입은 형이 돌아와
다리를 꼬고 신문을 보며 무릎을 흔들며 잠이 든다.

나는 달린다. 책장의 유리문을 열고
그 속으로 도망쳐 하얀 벌레처럼 꾸물거리며,
알을 낳는다.

저습지의 시

삐걱거리는 지붕들 아래로 펼쳐진 저녁이 있고
혼례를 서두르는 시간 속에
우두커니 포도나무 덩굴이 무슨 상처를 받고 있고,
눈물은 모든 눈동자들의 생각,
그 속은 어둠 어둠뿐, 무엇을 만지던 앙상한 뼈가 만져
졌다.

저습지로 걸어간다. 환멸로 이륙하는 새떼들,
습지에 알을 낳아두고 낄낄대며 창공으로 사라진다.
저습지의 세계에서는 먹고 먹히는 것이 슬프지 않다,
구름 같은 것이 물위를 스쳐지날 때면
환멸도 붉게 물들어 저녁이 된다.

둥지를 매달고 사는 것이 인생이다.
굴레를 벗어날 수 없다면 저습지의 세계에 와보라,
가책받은 얼굴로 갈대가 한무리 피어 있는 우묵한 곳으로.

무덤에 앉아 있는 아이들

해변의 묘지에 아홉 아이가 모여 있습니다
아이들은 어머니를 잃었습니다

한 아이는 무덤 속에 난 구멍을 보고 있습니다
구멍으로 묘지가 숨을 쉬고 있습니다

뱀들이 그 속에 살고 있습니다
꽃뱀이 한 마리 아이의 발목을 휘감습니다

그 순간 아이는 여자가 됩니다
아이는 세상에 나오자마자 이름 없는 영혼이 되었습니다

둘째 아이는 아그배나무 아래 앉아 있습니다
아그배나무는 잎이 얇아 해를 가리지 못합니다

가난이 잎의 방향을 바꿔놓아
아이는 멀리 외갓집으로 식모를 살러 갔습니다

얼음장 밑에 얼어 있는 단풍잎 무늬를 읽는 겨울해가

등뒤로 질 때까지 빨래를 합니다

해변의 묘지에 아홉 아이가 앉아 있습니다
아이들은 어머니를 잃었습니다

묘지와 아그배나무 사이에 조그만 밭이 있습니다
무꽃만한 밭에 엎드려 셋째 아이가 김을 맵니다

밤이 되면 아이는 밭을 내려와 배를 타야 합니다
바다를 건너면 염전이 보이고

사내가 한없이 바닥을 밀며 하얗게 말라가는 곳,
셋째 아이는 소금을 낳아 사내에게 안겨줄 것입니다

해변의 어머니 지붕을 쪼는 아홉 아이들
넷째 아이가 다섯번째 아이에게 꽃을 줍니다

풀씨가 날아다닙니다
풀씨를 잡는 손바닥 사이로 빠져나가는 정적

넷째 아이는 시장에서 밥을 팝니다
밥은 무덤을 닮고 무덤은 지붕을 닮고

지붕은 그리움을 낳습니다
아홉 아이가 모인 까닭입니다

다섯번째 아이는 양장점에 다닙니다
재봉틀을 만지는 다섯번째 아이에겐 손바닥 사이로 빠져
나가는 풀씨가 모두 문양 같습니다

해변의 묘지에 아홉 아이들 저마다의 무늬가
햇빛을 따라 어디론가 흘러갑니다

여섯번째 아이가 어머니 무덤에 술을 칩니다
누추한 삶, 무꽃이, 아그배나무가, 그렇게 서 있습니다

여섯째 아이가 아홉 아이들의 슬픔의 몫을 나눠줄
장손인 까닭입니다 희망은 그냥 빠져나가는 것을 바라봐

도 희망인 까닭입니다

　여섯번째 아이는 공장에 다닙니다
　공장 담벼락으로 넘어오는 장미

　기계 소리에 맞춰 피어납니다
　여섯째 아이에겐 잘린 손가락을 먹어버린 기계의 저주받
을 구멍 같습니다

　세 아이가 남아 있습니다
　아이들의 이야기는 계속되겠지요

　하지만 이 아이들은 어머니를 잃은 아이들입니다
　해변의 묘지는 숨어버린 廢園과 같습니다

　구멍으로 드나드는 꽃뱀과
　한 그루의 아그배나무 그리고 무꽃만한 밭

　일곱번째 아이가 저만치 떨어져 있는 여덟번째 아이에게

바다를 가리킵니다

일곱번째 아이가 타지에서 애를 낳고
여덟번째 아이와 노래를 부르는 어머니의 무덤

아홉번째 아이가 태어나고 파도가 품고 오는
꽃씨가 절벽에 꽃을 피운 날

옷가지를 태우는 해변의 묘지에 앉아 있는
아홉 아이들, 잃어버린 폐원의 문이 그 사이로 발갛게
아른거립니다

어머니
당신은 만물의 것입니다

내면을 비추는 거울

하늘에 얼마나 많은 새들이 있었던가,
하지만 날개를 기억하는 새는 얼마나 희귀한가
——「소의 항문에 바람을 넣는 아이들」 부분

이 윤 학

1

시인 박형준을 처음 만난 것은 1990년 12월 말이었다. 그가
신춘문예 당선통지를 받은 직후라고 짐작된다. 나는 그 당시,
신춘문예 당선 시집을 내는 출판사에 몸담고 있었기 때문에, 당
선 시인에게 연락을 해서 당선 작품과 신작시 몇편씩을 받아내
야 했다. 내가 1990년에 한국일보로 나왔으니, 그는 1년 후배
인 셈이다. 그는 나보다 나이도 한살 적다. 그의 시를 읽기 전
에, 그의 얼굴부터 봐야 했다. 이 시집 뒤에 실린 '후기'에는 다
음과 같은 구절이 있다.

그후 닭고기를 먹어서인지, 어머니의 무지 탓인지 닭벼슬
같은 상처가 눈 위에 자리잡았다. 그것 때문에 사춘기엔 여자

애들로부터 멸시당할까봐 그녀들을 멀리했고, 취직할 나이가 되어서는 인상이 나쁘달까봐 백수의 길로 접어들기도 했다. 결국 이십대 중반에 군병원에서 수술을 했는데, 간호사들이 남자가 어쩌고 하며 수군거릴 때 느꼈던 부끄러움이, 그후 세상을 보는 나의 눈을 변화시켰다. 그것은 언제나 세상은 나의 환상이나 슬픔과는 무관하다는 것.

저녁에 우리는 서초동의 포장마차 한쪽 자리에서 소주잔을 들었다. 그의 목소리는 바로 앞에서도 들을 수 없을 정도로 가늘었다. 목소리뿐만 아니라 그는 말수도 적었다. 묻는 말에만 간신히 대답을 하였다. 술을 잘 마시리라 믿었던 나의 추측은 곧 빗나가고 말았다. 몇잔 마시지 않아 그의 얼굴은 홍당무가 되었다. 3호선 지하철 안에서 그는 오랫동안 비밀이었을 살아온 이야기를 털어놓았다.

초등학교 5학년 말에 정읍에서 인천으로 전학을 하게 되었는데, 적응이 안되어 제물포고등학교를 졸업하고 서울예전 문창과에 들어갈 무렵까지 공부와는 담을 쌓고 시를 썼다고 했다. 그에게는 일년 선배인 장석남 시인과 일년 후배인 박종명 시인이 있었고, 당시 백일장에서 만난, 시와 소설 쓰기를 겸업하고 있는 박청호씨가 있었다. 박형준의 인천 시절을 살펴보기 위해 그의 첫시집을 다시 꺼내 읽었다. 인천에 대한 시는 몇편뿐이었다.

> 낮에 나온 반달, 나를 업고
> 피투성이 자갈길을 건너온
> 뭉툭하고 둥근 발톱이
> 혼자 사는 변두리 아파트 창가에 걸려 있다
> 하얗게 시간이 째깍째깍 흘러나가버린,

낮에 잘못 나온 반달이여

——「어머니」 전문

그가 인천에 올라와 처음 살았던 동네는 수도곡산이다. 그곳
에는 판잣집들이 다닥다닥 붙어 있었다. 그곳에서 누나들과 살
게 되었는데, 누나들이 하나둘 시집가고 나서는 형 집에서 살았
다. 위 시에 나오는 "혼자 사는 변두리 아파트"는 부모로부터
받은 선물이다. 그 선물은, 외로움을 가중시키는 역할을 할뿐
이다. 몹시 외로울 때만 잠깐씩 풀어보고 다시 묶어야 하는 선
물. 그 선물을 끌러보는 행위는, 외롭지 않다는 것을 스스로 암
시하는 의식이다. 왜 외로운가. 왜 그런가. "하얗게 시간이 째
깍째깍 흘러나가버린" 뒤이고, 남은 것은 반쪽뿐이다. 다른 반
쪽을 잃어버린 것이다. 반이나 살아왔구나! 창밖을 내다보다
만난 반달, 무엇을 긁었을까, 그 발톱은 뭉툭하고 둥글기만 하
다.

　나는 본다 들여다볼 수 없이 깊은 연못을, 노파들이 오래
된 도시의 주름 속에서 느릿느릿 새어나오는 광경을…… 살아
있는 건 무채색의 <중략>
　그녀들은 어떻게 알고 서로 모이는가 그들끼리 있을 때만은
왜 쉴새없이 입이 벌어지는가 어둠에 긁힌 듯한 웃음소리를
자랑스레 내는가 <중략>
　나는 이 도시에서 얼마나 오래 살았던가 향로인 양 주둥이
를 내미는 꽃과 상스러운 허리를 뒤트는 몸짓과 교만한 눈빛,
천박한 체위를 강요하는 들끓는 욕망과 왼손으로 써내려간 문
장처럼 떠 있는 구름과 말없이 사라지는 불꽃들 <중략>

———「공원에서 쉬다 1」 부분

위 시에서 보듯, 그가 사는 시간은 어떨지 몰라도, 그가 살다 온 세상의 시간은 늙은 시간, 곧 병든 시간이다. 이번 새 시집의 「진흙」과 「노역에 처해진 날개」 등도 인천 시절을 노래한 시인데, 이 또한 위 시와 크게 다르지 않다. 위로받을 길 없는 늙은 시간은, 아무도 관심을 갖지 않을 뿐더러 누구도 돌봐주지 않는 시간이다. 그런 시간을 시인은 이렇게 말한다. "나는 이 도시에서 얼마나 오래 살았던가 향로인 양 주둥이를 내미는 꽃과 상스러운 허리를 뒤트는 몸짓과 교만한 눈빛, 천박한 체위를 강요하는 들끓는 욕망과 왼손으로 써내려간 문장처럼 떠 있는 구름과 말없이 사라지는 불꽃들"…… 다시 시인은, "늙는다는 것은, 방 속에 담겨／천천히 말을 잃어버리는 것"(「진흙」)이라고 말한다. 완전히 혼자가 되는 순간, 우리는 죽음의 시간을 살게 되는 것이다.

그는 인천에서 학생이 아니면 실업자였다. 잠깐 취직을 했다 실직하면, 다시 인천으로 돌아가서 변두리 아파트에 마음의 둥지를 틀고 백수 생활을 시작했다. 간혹 찾아간 곳이 공원이었고, 공원의 계절은 겨울이었다. 세상은 그와 맞지 않는 곳이었다. 그렇기 때문에 그는, 그의 시는, 이 세상 것이 아닌 어떤 것을 꿈꿀 수밖에 없다.

　꽃의 내장 속에서 무작정 흘러다녔지
　구부정한 허리를 구부리고 권태가
　구만리장천까지 따라왔지

　오 밑뿌리 하나만 젖어 있어도

亡國을 건너가
그 머리카락을 흠씬 들이마실 텐데

우리의 서른이 꽃봉오리라면!
우리의 서른이 꽃봉오리라면!!
우리의 서른이 꽃봉오리라면!!!

활짝 핀 폐허가
냄새나는 음부임을 알 것을

———「이 세상 것이 아닌 냄새」전문

2

헤어져 있다는 것, 헤어져 다시는 만날 수 없다는 것, 그래서
덧없이 끊임없이 그 대상과 현실을 직시하는 것 ; 나는 속삭이
는 음성을 듣는다. 나는 왜 이렇게 사는 거야, 박형준의 시에는
그런 물음들로 가득 차 있다. 미래가 없는 것처럼, 미래를 다
산 것처럼, 그곳까지 미리 가본 것처럼, 모든 기억이 과거이듯
이 과거로 향한 기억은 안타까움 이상은 아니다. 그러나 어쩌
랴. 시인은 시를 쓰는 현재만을 사는 존재가 아닌 것을, 과거에
속하는 기억들은 시인에게 짐을 지게 만들고 시인은 그 짐을 지
고 일어서서 환상을 향하여 무작정 걸음을 떼어놓을 수밖에 없
는 존재인 것을. 물론 시인은 시를 쓰기 위해서만 사는 것은 아
니다. 오히려 그 반대쪽이고 싶은 적이 많은 것이다. 시가 씌어
지는 것은 순간이지만, 그 순간은 오랜 시간이 만드는 순간이
다. 시가 씌어지는 순간을 위해 시인은 고통스러운 시간을 살지

않으면 안된다. 시를 쓰는 의식은 덧없이 흘러가버린 시간, 지금은 죽어 있는 시간에 대한 연민이 된다. '후기'에서 그의 고백을 다시 들어보자.

어린 시절 담벼락 밑에는 구멍이 나 있곤 했다. 나에게는 흙담 밑은 알 수 없는 기호였다. 햇빛이 빠져들어가, 소용돌이치는 그 속의 무늬를 해독해냈다면 삶은 좀더 단순하게 나를 매혹시켰을지 모른다.

박형준은 "모든 상상은 기억의 변용에 불과하다고 믿는"다. 그렇다. 구멍 속은 기억의 끝인 동시에 상상의 끝이다. 그것을 바꾸어 말하면 기억의 시작이고 상상의 시작이다. 첫대면의 이미지, 그것은 객관적이든 관념적이든 상관없이, 설렘의 시작인 동시에 종말이다.

지금 나는 검은 도랑물이 흘러가는
공장지대의 아파트에 혼자 산다
내가 가장 두려워하는 것도
그들이 나의 날개를 보는 것이다
왜냐하면 나는 그들이 금기한 세계에
갇혀 살기 때문이다

〈중략〉

나는 창문을 닫고 산다
초인종은 내게 날개를 감추라는 신호이다
공장의 기계 소리가 식은 금속이 번쩍이는
검은 도랑물을 건너, 쇳덩이를 끌 듯

무거운 머리를 침대에 눕힌다
나는 이틀이고 사흘이고 잠만 잔다
———「노역에 처해진 날개」부분

　지난 시간을 바꾸려고 노력하는 것보다 어리석은 짓도 드물
것이다. 지나간 시간은 없어진 것이다. 그 시간이 어떤 지울 수
없는 흔적을 남겼더라도 현재의 삶에서 그 흔적은 기억일 뿐이
다. 그러나 그 시간들이 없었다면 나는 어디서 위로를 받아야
하나. 양의 문제가 있을 뿐, 현재나 미래는 과거로부터 어떤 영
향을 받을 수밖에 없다. 현대를 살아가는 우리는 과거를 잊고
있을 때가 많다. 우리들은 달려야 하는 욕망에 사로잡힌 노예들
이다. 보들레르의 시 「각자 자기 자신의 환상을」에서의 '환상'
의 노예들처럼, 무엇엔가 짓눌려 음울한 표정으로 쉬지 않고 어
디론가 가야만 하는 것이다.
　우리는 쉬기 위해, 현실을 잠시 잊기 위해 산이나 바다, 그밖
의 명소를 찾는다. 대부분이 그렇다. 법관이 되길 원하고 의사
가 되길 원한다. 좀더 편해지려고 난리법석이다. 정말 하고 싶
은 일, 해야 할 일은 뒷전이다. 우리에겐 벌써부터, 나만이 좋
아하는 어떤 곳이 사라졌다. 그것뿐 아니다. 어느땐가부터 세
상이 너무 환하고 잘 꾸며진 통조림 깡통 속과 같이 느껴지게
되었다. 사람들은 한시라도 혼자 있으면 좀이 쑤신다. 몰려다
니며 편을 만들어야 안심이 된다. 커다란 기계의 부품이 되지
못하면 실패한 삶이 된다. 항시 견딜 수 없이 불안하고 초조하다.

보도블록을 밀고 나오는 뿌리,
뿌리는 하늘로 솟구친다.
무거움과 가벼움 사이로 흘러가는 세상은 지치지 않는다.

모래시계의 허리가 가늘어진다.
——「공간 이동」 전문

　답답하여, 뿌리까지 하늘로 솟구치려 한다. 이 도시를 답답
하다고 느끼는 사람은 많을 것이다. 그래서 벗어나고자 하는 사
람도 많을 것이다. 무거워서 가볍게 짐을 벗으러 가지만, 얼마
지나지 않아 짐의 무게는 예전과 같아지게 된다. 지칠 줄 모르
는 욕망 때문에 모래시계의 허리는 막히게 된다. 숨쉬기조차 어
려운데 우리는 즐거워서 웃는다. 하루하루를 잊어가는 것이 삶
이다. 아니다. 그렇게 사는 삶은 죽어가는 것이다. 하지만 죽
음에 의지하지 않고 살아가는 방법을 찾기란 쉬운 일이 아니다.
　"희미한 램프에 의지하여／지하감옥 독방은 견디고 있"(「늑대
와 수형인」)고, "상어처럼 이빨을 키우고 배고픈 개처럼 침을
흘리며 서성거리는 오, 무수한 절망의 세숫대들 아래, 비누여
닳아빠지면 행복해지는 세상은 없느냐.／／무허가 판잣집의 대
문에 문패를 붙인다."(「기도」).
　앞에서 시적 자아는, 감옥에 갇혀 있는 수형인이고, 묘비를
등에 꽂고 울부짖는 늑대와 마주보고 있다. 그리고 이제는 불행
해지지 않도록 빌고 있다. 그럼 어디서부터 잘못되었는가. 어
디서부터 길을 잘못 든 것인가.

　　어둑어둑해진 골목 한켠
　　돌아 들면 만나는 검은 눈,
　　웅덩이 안쪽에 고인 불,
　　붕대에 감긴 환한 세월이 지나간다
　　　　　　——「밤중에 물이 고인 웅덩이」 부분

기억이란 끔찍한 물질이다
망각되기 위해 버려진 신발들이
사실은 나를 신고 다녔음을 깨닫는 데는
오래 걸리지 않는다, 맨발은 금방 망각을 그리워한다
                              ——「墓碑銘」부분

유성이 얼마나 아름다운가를
사내는 맹인에게 만지게 하고 싶다.
아무에게도 보여준 적 없는 어깨의 상처
그 오래 아물지 못하는 흉터가,
맹인이 만지는 세계 어딘가로 떨어진다.
열대야의 끝에서 끝으로 가늘게 타고 있다.
                              ——「유성들」부분

　박형준의 시에서, 최초의 '기억'은 날개와 연관을 갖고 있는
것처럼 보인다. 날개와 상처의 등식은 오랜 시간을 사이에 두고
성립되어 있는 것이다. 여기서 날개는 내적인 것이고 상처는 외
적인 것인데, 그것들은 어느 순간부턴가 서로의 위치를 바꾸고
있는 것이다. 그의 시의 거울은 그것들을 안에 감추고 있어 쉽
게 볼 수 없게 만든다. 안에서 긁혀 있는 거울은, 세상을 자신
의 상처로 비출 수밖에 없는 것이다. 집으로 가는 어두워진 골
목에서 시인은 웅덩이를 보게 된다. 여기서 골목은 기억 속의
한갈래 길일 수 있다. 검은 눈은 아주 사소한 불빛 하나까지 바
라볼 수 있다. 상처에 관한 기억은 그 작은 불빛을 확대시킨다.
상처는 여전히 웅덩이라는 붕대에 감겨 환하게 보인다. 그렇기
때문일까, "기억이란 끔찍한 물질이다". 버려진 줄로 알았던,

또는 까맣게 잊고 있었던 상처라는 상표의 신발이, "사실은 나를 신고 다녔음을 깨닫는 데는/오래 걸리지 않는다". 기억이라는 상처는, "맨발은 금방 망각을 그리워한다"에서처럼, 그에게 다시 신발을 신을 것을 강요한다. 유성이 아름다운 것은 모든 걸 잃어버렸기 때문이다. 사내가 아무에게도 보여주지 않은 상처를 맹인에게 만지게 하고 싶은 이유는 무엇일까? "오래 아물지 못하는 흉터가, /맹인이 만지는 세계 어딘가로 떨어"질 때, 유성은, 오래 아물지 못하는 흉터는, 가늘게 타고 있게 된다.

이 시집에서는 유독 장님에 대한 이야기가 자주 나온다. "장님들은 한결같이 고개를 쳐들고 사는 족속들"(「장님 1」)이고, 세상 살아가는 방식이 여느 사람들과는 달라 신비한 존재들이다. 각자 스스로 모든 문제를 내면을 통해 느끼고 판단하고 결정하는, 외부와는 단절된 삶을 살아가는 사람들이 장님들이다. 이 시집에 나오는 장님들은, 살아가면서 시력을 잃은 자들이다. 더 망가질 수 없어서 스스로 보는 것을 포기한 자들이다. 어쩌면, 이 시집에 빈번하게 등장하는 장님이, 시인 자신이 아닌가 생각하게 된다. 그들이 볼 수 있는 것은 예전의 자신이 전부다. 갈 수 없는 곳, 언젠가는 가야 할 곳을 자신의 내면의 거울을 통해 하염없이 바라보고 살아가야 하는, 운명의 길을 택한 장님들…… 그들은 자기연민을 잃어버린 지 오래 된 자들이다.

3

그와 나에게는 전화를 통해 시를 읽어주고 들어주던 시절이 있었다. 너무 많은 것을 들었기 때문인가. 할말을 다 하지 못했다. 전화를 통해 들려오는 목소리가 아니라 서먹한 것인가. 활

자로 된 시를 혼자서 보고 느끼는 것 또한 기분 좋은 것임을 알
았다. "아아 그때 내 손에 들려진 우산대는 얼마나 시누대처럼
가늘게 떨렸던가"(「生態」). "만년설을 넘어가는 독수리처럼, 번
개에 순식간에 날개가 타버리는 단 한순간의 쾌락을 위해 신의
영역을 침입하는 것도 두렵지 않다"(「生態」). 그는 쉽게쉽게 시
를 쓰지 못한다. 오랜 시간 동안의 삶의 기록이기 때문에 성급
한 독자들은 쉽게 포기하고 말 것이다.

　그가 지금 사는 곳은 당산동이다. 그곳의 창문 밖에는 포도나
무가 있는 모양이다. 나는 그럴만한 추억이 없는 자들을 경멸한
다. 그를 믿는 이유가 거기 있다. 추억을 밑그림으로 시를 쓰는
그가 나는 좋다. 현재라는 다리를 건너면서, 참았다가 뒤를 돌
아보는 것 또한 좋으리라. 누가 손을 흔들어주지 않더라도 말이다.

　　　창 밖의 포도나무는 떠나고 싶어하는
　　　눈치를 보인 지 오래다

　　　어느 해안에 밀려온 헛된 소식
　　　내가 바라보자
　　　그것들은

　　　한결같이 마당에 터져 있다
　　　　　　<중략>
　　　어떤 것은 반쯤 열린
　　　창턱에 떨어져 있다
　　　열매가 터져버린 그 속에,

부서진 잠자리 날개 같은 것이
아른거린다

————「어떤 방 1」 부분

창문 밖의 포도나무야, 너는 이마를 수그린
짐승이다.
노트들은 나를 버려,
나는 천한 책들의 하인으로 일하고 있단다.

————「어떤 방 2」 부분

　박형준의 시에서는 서정적 자아와 시인의 자아가 일치한다.
나는 무엇보다도 그게 좋다. 내면의 거울은 자신을 통해서 세계
를 담을 수밖에 없다. 너무 많은 걸 담으려다 모든 걸 놓치는
시를 읽는 것은 고역이다.

　내가 아는 박형준은 여린 사람이다. 그렇기 때문에 사소한 것
을 놓치지 않고 시를 쓸 수 있는 것이다. 언제였던가. 그가 모
출판사에 근무할 때이다. 출판사가 어려워져 인원을 감축한다
는 말이 나오자마자, 그는 사표를 냈다. 그리고 다시 백수의 길
로 접어들었다.

　위의 시에서 시인의 생활을 짐작할 수 있다. 포도나무는 떠나
고 싶어한다. 달콤함은 시인이 바라는 바가 아니다. 터진 포도
송이에서 시인은 잠자리 날개를 발견한다. 그 투명하기만 한 날
개로 갈 수 있는 곳은 없다. "노트들은 나를 버려, /나는 천한
책들의 하인으로 일하고 있단다."라고, 이마를 수그린 창 밖의
포도나무에게 고백하고 있다. 꿈과 이상을 저당잡힌 것이다.
그러나 시인의 내면을 비추는 거울은 터진 포도송이에서 잠자리
날개를 담고 있다.

구멍과 햇빛과 풀

　나를 형성케 한 두 가지 사건을 처음으로 고백한다. 아주 외로울 때나 사람들에게 말하곤 했던 이것들은 사실 사소하기 짝이 없고 흥미없는 체험에 불과하다. 그러나 적어도 모든 상상은 기억의 변용에 불과하다고 믿는 나는, 또한 사물과 첫 대면이 이루어지는 어린 시절에 이미 시의 모습이 존재했다고 믿는 나 같은 시인에게, 글을 통해 자신의 본질을 노출시키는 행위는 치명적인 것이라는 말을 전하고 싶다.

　어린 시절 담벼락 밑에는 구멍이 나 있곤 했다. 나에게는 흙담 밑은 알 수 없는 기호였다. 햇빛이 빠져들어가, 소용돌이치는 그 속의 무늬를 해독해냈다면 삶은 좀더 단순하게 나를 매혹시켰을지 모른다.

　웬지 나에게는 친구가 없었다. 아이들과 어울려 산에서 전쟁놀이를 하거나 싸리빗자루로 칼싸움을 하기도 했건만, 나의 호기심을 자극할 만한 친구는 사귀지 못했다. 내가 관심을 가진 것은, 그런 담벼락 밑이거나 엄지손가락을 빠는 아이들이거나 했다.

　나는 담벼락 밑에 언제나 앉아 있다. 서른이 넘어 결혼을 재촉하는 어머니마저 지치게 만든 나이에, 고작 나 혼자 있을 때 생각하는 것은 흙담 밑의 구멍이다. 어쩌면 쥐들이 드나드는 구멍에 불과했을 그 구멍을 바라보면, 나는 숨결을 상상했다. 집이 숨쉬는 소리, 모두 일을 나가고 아무도 없는 낮 두시에 집이 무덤처럼 부풀어오르며 내뱉는 그 숨소리.

나는 빛이, 저 안쪽 어딘가로 녹아들며 떨리는 색깔을 오래오래 사랑했다. 그리고 오랜 시간이 흐른 후 그 체험을 변주해 다음과 같은 시를 쓰기도 하였다.

엄지손가락을 늘 입에서 뺄 줄 모르던 소년, 포말로 이루어진 그 하얀 손가락을 아무도 보지 못했다.
《새들이 속으로 날며 대기의 자리를 넓혀갔다. 전깃줄에 조금도 하중을 남기지 않고, 오 그대들 다정한 연인들이여. 너희는 내 목구멍 속에서 떨리는 깃털이야, 따뜻한 숨결이야, 때로는 그 숨결 두 뺨에서 나누어지도록 앉아 있었니. 날아가는 너희들 뒤로 숨결은 다시 하나 되어 떨리나니, 오 오래도록 내 마음속에서 우는 전깃줄이여, 다정한 떨림 많은 목구멍이여.
《어느 여름이었던가, 졸음에 가느스레하게 풀리는 음식점이 꿈을 내보내는, 구멍이라고 너는 내게 속삭였지. 햇빛이 꺼져들어가는 아득한 밑바닥에 네 눈동자같이 아름다운 빛, 너는 속삭이지 않았던가. 결핍이 모든 꿈에 날개를 달아주는 거라고, 그럴 때 네 엄지손가락이 빠진 입, 그 꿈이 비치는 입구로 나는 얼마나 자주 꺼져들어갔던가!
검은 고양이 한 마리 무너진 담 밑에 입 벌리고 있는 구멍에 취해 비틀거린다. 중국집은 냄새의 구멍이지 않은가!

그 구멍이야말로 내 유년기의 촛불이었던 것이다. 아마도, 내가 많이 자란 후에 형성된 생각이겠지만 담 밑에서 피어오르는 촛불은, 결핍과 꿈의 이미지로 내 심장을 박동치게 한 많지 않은 동력으로 자리잡았던 것이다.

그 무렵이었다. 고모는 장구를 아주 잘 쳤다. 고모에게 장구를 배우러 인근 마을에서 올 정도였으니까. 고모네 집으로 가는 길에 담으로 넘어온 감나무가 서늘하게 빛나던 기억이 난다. 그때 나의 눈 바로 위에 큰 땀띠가 나 있었다. 가난하기도 했으나 병원에 가는 것이 죽으러 가는 일 외에는 엄두를 못 내던 시절이었을 만큼 문명에 밝지 못했던 어머닌, 그냥 손으로 짜버렸다. 고모 아들이 양철 대문에 호랑이 그림을 그려놓은 그 집 마루에서 고모는 장구를 쳤다.

어머니와 나, 그리고 고모. 얼마 후 고모는 죽었지만 그날의 풍경은 좀처럼 잊지 않는다. 여름 오후의 저무는 햇빛과 그늘진 마루에서 들리는 타악기 소리의 슬프고, 한편으론 처마에서 떨어지는 낙숫물 소리처럼 내 안에서 고동치던 리듬을 아마 떫은 맛을 내는 감나무만이 알아들었을까.

그리고 나는 먹어서는 안되는 닭고기를 먹었다. 약사가 닭고기를 먹으면 상처가 도진다고 했으니까. 고모는 장구를 치고 나서, 공교롭게도 닭고기를 내왔다. 워낙 고기를 먹기 힘든 시절이었지만, 어둑어둑해지는 마당의 맨드라미가 하늘에도 피어 있는 그때, 웬일인지 나는 닭고기를 꼭 먹어야겠다는 이상한 집착에 빠져 있었다. 그래서 소금에 찍어 딱 하나 먹었던 닭다리, 고모와 어머니가 울고불고 하는 나를 말릴 때 내 마음속에서 소용돌이치던 그 집착.

내가 눈 위에 땀띠가 생기던 날은, 늦잠을 자고 일어나 본 밥상에서 출발되었다. 빨간 밥상보. 어머닌 내가 늦게 일어나는 날은 언제나 머리맡에 밥상을 놓아두고 밭에 일을 나가셨다. 그날은 왜였을까. 그 빨간 밥상보에서 누나들이 머리 뒤에 묶고

다니던 댕기가 떠올랐다. 아무도 없는 방에서 나 혼자 밥을 먹는다는 생각이 슬픔을 불러일으켰는지도 모르겠다.

동구에서 멀리 떨어지지 않은 우리 밭은 공동묘지와 경계를 이루고 있었다. 아그배나무가 몇 그루 서 있고 그 뒤로는 공동묘지가 있었다.

> 아그배나무에 걸려서 철썩이는 무덤, /족보에도 나오지 않는 조상들이/묘지를 거닌다, 개 짖는 소리 들려온다/마을 밖 공동묘지를 비스듬히 굽어보는/우리집 밭둑 아그배나무 아래/철썩이는 인광을 지고, 희디흰 살결들이 앉아/서리를 뿜어대는 어지러운 꿈, /기나긴 겨울밤의 옛이야기 찰랑이는/머리맡 빛나는 수면에, /귀신꿈에 씌어 잠이 깨 앉으면/마음은 진정되곤 하였지/식구들이 밤중에 부화시키려고/한번쯤 앉았던 달, /버려진 무덤을 철썩이며/아그배나무 위로 올라가는 물소리, /만조가 된 요강이, 창백한 시간 속에 빛날 때∥공중에 걸려 있는 희디흰 엉덩이, /어머니도 누이도, /죽은 할머니도/앉았다 간 달.

동구로 나가며 나는 밭을 보았다. 밭에는 아그배나무와 무덤, 빨간 댕기를 묶은 누나와 어머니. 호미로 김을 매는 누나의 머리 뒤에 묶인 댕기가 흔들릴 때, 슬픔 같은 것이 어린 맘을 저미고 지나갔다.

밭으로 올라가는 대신 나는 마을 밖 신작로로 걸어갔다. 풀들이, 무섭도록 시퍼런 여름풀이 걸어가는 내내 논둑과 경계를 이룬 신작로 안쪽에 줄지어 피어 있었다. 그 풀들에 떨어지는 햇빛이 만드는, 무더운 정오를 지나 움직임조차 멈춘 무서운 길.

나는 풀 위의 깊은 우물 속에 생긴 무늬에 매혹당해 신작로의 끝을 향해 걸었다. 그때 아마 세상 밖으로 영원히 나가버렸다면 내 삶에 조금은 연민이 줄었으리라.

그후 닭고기를 먹어서인지, 어머니의 무지 탓인지 닭벼슬 같은 상처가 눈 위에 자리잡았다. 그것 때문에 사춘기엔 여자애들로부터 멸시당할까봐 그녀들을 멀리했고, 취직할 나이가 되어서는 인상이 나쁘달까봐 백수의 길로 접어들기도 했다. 결국 이십대 중반에 군병원에서 수술을 했는데, 간호사들이 남자가 어쩌고 하며 수군거릴 때 느꼈던 부끄러움이, 그후 세상을 보는 나의 눈을 변화시켰다. 그것은 언제나 세상은 나의 환상이나 슬픔과는 무관하다는 것.

시를 쓰는 일에서 시대를 보고 혁명을 꿈꾸는 거장들도 있고, 단순히 그때 나에게 왜 그런 일이 생겼을까를 상상하며 시를 쓰는 사람도 있다. 나는 후자이다.

그렇다. 미성년으로 남고 싶다는 열망이, 어느날 나를 구원시켜줄지도 모른다. 시를 쓰는 것은 나에겐 미성년으로 남고 싶은 욕망의 다른 이름에 불과했음을 고백한다. 그것은 이 세상 밖에서 문구멍으로 세상을 훔쳐보는 일이다.

1997년 3월

박　형　준

창비시선 160

빵냄새를 풍기는 거울

초판 1쇄 발행／1997년 3월 10일
초판 4쇄 발행／2012년 2월 11일

지은이／박형준
펴낸이／강일우
펴낸곳／(주)창비
등록／1986년 8월 5일 제85호
주소／413-120 경기도 파주시 회동길 184
전화／031-955-3333
팩시밀리／영업 031-955-3399 · 편집 031-955-3400
홈페이지／www.changbi.com
전자우편／literat@changbi.com

＊이 책은 한국문화예술진흥원의 '문예진흥기금'을 받았습니다.
＊이 책 내용의 전부 또는 일부를 재사용하려면
　반드시 저작권자와 창비 양측의 동의를 받아야 합니다.
＊책값은 뒤표지에 표시되어 있습니다.